閱讀123

國家圖書館出版品預行編目資料

找不到校長／岑澎維文；林小杯圖
-- 第二版 . -- 臺北市：親子天下, 2017.07
192 面；14.8x21 公分 . --（閱讀 123 系列）
ISBN 978-986-94983-0-2　（平裝）
859.6　　　　　　　　　106009315

閱讀 123 系列 ──────────── 48

找不到系列 3

找不到校長

作者｜岑澎維
繪者｜林小杯

責任編輯｜蔡珮瑤
封面設計｜林小杯、蕭雅慧
行銷企劃｜王予農、林思妤

天下雜誌群創辦人｜殷允芃
董事長兼執行長｜何琦瑜
媒體暨產品事業群
總經理｜游玉雪
副總經理｜林彥傑
總編輯｜林欣靜
行銷總監｜林育菁
副總監｜蔡忠琦
版權主任｜何晨瑋、黃微真

出版者｜親子天下股份有限公司
地址｜台北市 104 建國北路一段 96 號 4 樓
電話｜（02）2509-2800　傳真｜（02）2509-2462
網址｜www.parenting.com.tw
讀者服務專線｜（02）2662-0332　週一～週五：09:00~17:30
讀者服務傳真｜（02）2662-6048　客服信箱｜parenting@cw.com.tw
法律顧問｜台英國際商務法律事務所‧羅明通律師
製版印刷｜中原造像股份有限公司
總經銷｜大和圖書有限公司　電話：（02）8990-2588

出版日期｜2013 年 10 月第一版第一次印行
　　　　　2024 年 9 月第二版第十六次印行
定價｜280 元　書號｜BKKCD071P
ISBN｜978-986-94983-0-2（平裝）

──────────────── 訂購服務

親子天下 Shopping｜shopping.parenting.com.tw
海外‧大量訂購｜parenting@cw.com.tw
書香花園｜台北市建國北路二段 6 巷 11 號　電話（02）2506-1635
劃撥帳號｜50331356 親子天下股份有限公司

立即購買 >

找不到校長

文／岑澎維　圖／林小杯

找不到山上的清晨，濃霧還沒有散去，快刀黑燕阿姨在濃霧裡，輕輕的磨剪刀。每天，她都用暢快的手法，剪出最令人受不了的造型，所以她需要一把輕快的剪刀。她還是沒有裝上鏡子，這樣她才能盡情發揮，沒有阻礙。

代代相傳的百年中藥店裡，老闆父子倆正在盡情的工作：一個抓藥、一個搥藥、一個切藥、一個包藥。運動會快到了，「聲音藥」和「長高藥」賣得嚇嚇叫。

眼鏡鋪的王老闆，一早就在濃霧裡採薄荷，他的「冰晶眼鏡」

紅到山底下去了，考試季節一到，訂製「冰晶眼鏡」的媽媽特別

多。

「呦——呼！早啊，王老闆！」

王老闆抬起頭來，那是老周叔叔在打招呼，他正駕著木桶飛

船，要把小朋友送進找不到國小。

清晨，走進找不到國小，高大的摩天圖書館，帶著小朋友不

停的往上攀升，沉浸在書本裡的找不到小朋友，沒有人往外看，

只想趕緊看完這一頁、翻到下一頁。

福利社裡的絕不找錢阿姨，正耐心的熬煮紅茶，紅茶的香氣飄進摩天圖書館，小朋友百喝不厭的「奶粉加紅茶」，就是她最得意的傑作。很多遊客慕名而來，但都被拒絕在懸崖外，因為體重太重不能過來。

古董爺爺一臉專注，他在為找不到國小的小朋友修理桌椅，這些桌子、椅子，在他調整之後，都端端正正的站好了。

暑假山谷的大門上，那張「整修內部，請勿打擾」的告示，像衛兵一樣的盡責，日日夜夜守著暑假山谷，不讓人進去。

這是清晨的找不到國小，寧靜平和，每個人都有每個人的工作。

找不到校長呢？

大家都知道，找不到國小來了一位全新的校長，要看新校

長，記得要在濃霧圍繞的清晨。

陽光剛剛穿透找不到山，為濃霧染上七彩金光，找不到校長

在七彩金光包圍下，顯得又神祕、又威風、又夢幻。

迷濛的金光之中，升旗典禮即將開始。不要站得太遠、不要心

不在焉，全新的找不到校長，馬上就要出現！

目錄

1 全新的校長——校長無所不在，只是沒有人認得出來。

雲霧繚繞的找不到國小，這一年來了一位新的校長。

濃霧包圍著全新的校長，像是一件厚重的羽絨衣，在撥也撥不開的模糊裡，全新的校長和過去「看不見的校長」一樣，

外貌迷離不明、高矮模糊不清、胖瘦看法不一。誰也說

不清楚，全新的校長到底有多新？

只知道，濃霧團裡，換了一個聲音。雖然他一樣會

把「發生」說成「花生」，會把「許願」說成「喜

宴」，也會在話說得太快的時候，滑一跤，弄亂幾個

字，「我馬上打電話……」立刻變成「我『馬達』上電

話……」，但是，這都沒有關係。

沒有人會注意，也完全沒有減少找不到校長的威

力。霧很濃，全新的聲音在濃霧裡悶藏之後，衝破濃霧再散發出來，就像重新出土的寶劍那樣，帶著閃耀的光芒和無比的銳氣，隱藏一股巨大的力量在裡面。

被濃霧團團圍住的找不到校長，依然讓人看不清楚，但是每個找不到國小的小朋友還是想知道，校長究竟長得什麼模樣。

「校長到哪裡去了？」

一年級的小朋友會掀開校長室的桌巾看一看，看看校長是不是躲在桌子底下，和他們玩躲貓貓。但是，桌巾裡面只有四支乾乾淨淨的桌子腳。

二年級的小朋友會彎下腰來，從廁所門下的縫隙，往裡面看看有沒有校長的腳，校長一定有一雙又大又長的腳，和小朋友的腳完全不一樣。

12

三年級的小朋友比較聰明，他們站到最高的地方，大喊一聲：「校長！」

但是聽到的，只有山谷的回音：「校長」、「校長」、「校長」……，依然沒有看到校長的身影。

四年級的小朋友怎麼找校長的呢？

13

他們才不找校長呢！玩的時間都不夠了，怎麼會去找校長？他們已經玩了三年「找校長」這個遊戲，好不容易升上四年級，他們再也不玩這個遊戲了。

五年級的小朋友終於能搶到球場，有了球場，下課會裝一裝自己就是校長，哄一哄低年級的小小朋友。六年級的小朋友，偶爾還越來越忙，沒有時間找校長。

「校長究竟到哪裡去了？」這個問題依然像過去一樣，成為一團謎，飄散在找不到國小裡。

如果你清晨六點在找不到山迂迴的山路上，看見一部閃著燈光的單車，單車上戴著安全帽的人，就是找不到校長。

在籃球場上，那個投籃最準、抄球最猛的人，也是找不到校長。

還有還有，每天在操場邊修剪樹枝、拔草施肥的人，也是找不到校長。

下課時間，找不到校長比任何人都忙。有時候忙著

和小朋友搶遊戲器材、忙著比任何一個小朋友更早到球場，還要忙著了解各種遊戲怎麼玩。

他會在秋千上，和小朋友比比看誰盪得高，這樣他才知道，秋千的鐵鍊牢不牢。

他也常常坐在蹺蹺板的一邊，和三個小朋友比比看，誰能壓得下對方。這樣，他才知道，翹翹板的木板有沒有被蟲蛀掉、螺絲有沒有鬆掉、軸承有沒有鏽掉。

好在小朋友上課的時候，為這些器材添加潤滑油。

校長還會和小朋友玩捉迷藏，可惜他每次都躲得太好，沒有人找得到。也根本沒有人知道，那個一直找不到的人，就是校長。

躲得太久的校長，只好自己跑出來，捉迷藏的小朋友，早就回到教室去念書了。

找不到校長乖乖回到校長室，靜靜聽著讀書聲從四

面八方傳來，靜靜的等待下課鐘聲再來。

校長無所不在，只是玩起來，誰也忘了問他是誰。

每節下課鐘聲一響，找不到校長一定第一個奔向戶外，他是全校最早下課的人！

2 上學的時間——睡得飽，才能長得高！

深冬的清晨，濃霧從四面八方

湧來，找不到山上，霧氣像一碗綿

密又結實的刨冰，塞滿整個找不

到國小。

直到太陽慢悠悠的翻過山崗，

22

像一匙金黃濃稠的蜜糖水澆上山嶺，滑進找不到國小的操場時，刨冰一樣的濃霧，才漸漸融去。

十點，天色已經透明，找不到國小裡，仍然一個人也沒有。校犬來祿獨自在操場上，抱著金黃色的陽光，沉浸在夢鄉。

牠休息夠久了，太陽出來之後，還要等很久很久，才能見到小朋友。天氣太冷、霧氣太濃，沒有人這麼早到學校來。

不是星期天，也不是放假日，太陽已經灑滿整片操場，學校仍然一個人也沒有。

沒有錯，這是找不到校長的新措施。

「健康，是一切的基礎，沒有了健康，一切都是空談。」

要健康，就要從睡個飽覺開始。

「上學的時間，不可以太早。」

「睡飽才能長得高，睡飽才能記得牢！」

25

找不到校長大力提倡：

要睡飽！

所以找不到國小裡，不管是老師還是小朋友，每天第一件事，就是「要睡飽」！

睡到太陽把操場晒得暖呼呼了、睡到鐘聲孤單的響十次了、睡到每個人的精神，都像充飽氣

的氣球一樣，再不爆炸不行了——這個時候，才能起床。

「你睡得夠飽嗎？」校門口，一個臉色紅潤的人這麼問大家。

「你今天睡飽了嗎？」見到小朋友，他摸摸他們的頭，好像這樣就能推測睡飽了沒有。

「睡飽了、睡飽了，睡得夠飽了！」

太陽暖暖的，衝進校門的小朋友，每個都這麼說，

他們等不及了，急著要到摩天圖書館去看書。

可是摩天輪一樣的圖書館才繞一圈，午餐的鐘聲就

響起。

「一上學就吃午餐，好新奇喔！」

睡得飽、吃得好，這樣才能長得高！

為什麼找不到校長這麼在乎要長高？

「『學習』一輩子都有機會，『長高』的機會錯過了，就不會再來。」

睡飽了、吃飽了，就能上課了。

習慣早起的找不到小朋友，好盼望夏天快一點來到，這樣就不必睡得這麼累。

夏天的時候，六點就能上學，到學校把窗戶打開，讓微風把晨霧推進來，再到摩天圖書館去，看一個小時的故事書，享受早起的從容。

但是冬天不行，「要睡飽」！這是找不到校長的規定！

3 寵物日──欣賞、分享也是一種幸福。

找不到校長又有新的想法，他要舉辦「寵物日」，在「寵物日」這一天，家裡的「寵物」，也可以上學。

寵物日定在每年的「年中央」，也就是一年三百六十五天之中，最

「中間」的那一天。

濃濃的霧裡，校長請大家仔細算一算，「年中央」究竟是哪一天？

「那一天到底是幾月幾日？」搶答最快的，是一年級小朋友，他們沒有算就舉手，講出來的答案全都錯。

高年級的大哥哥、大姐姐比較冷靜，低下頭忙著想；有的扳著手指慢慢推，有的在手掌上慢慢算。

「年中央、年中央，年中央到底在哪裡？」中年級

的小朋友，急得像熱鍋上的螞蟻，他們沒有低年級的勇氣，也沒有高年級的腦力，所以只能著急的左顧右盼。

濃霧裡的升旗典禮，每個小朋友都在用力想，「年中央」一年的最中央，在五月還是在六月？

第一個算出正確答案的，是一位五年級的大姐姐，她很有信心的舉起手，大聲的說：

「七月二日！」

「耶！七月二日！七月二日！」沒有人說對不對，

中年級的小朋友就快樂得不得了。

「七月二日！」

「七月二日？」

「七月？」

歡呼聲像拋向天空的小石頭，抵達最高峰之後，換個方向又落下來——歡呼變成了嘆息。

「那不是暑假了嗎？」

「大家安靜，不要急！」濃霧裡，找不到校長出聲

安撫大家的情緒。

「每年的這一天，就是暑假的『返校日』，大家都

要回到學校來。」

校長這麼一說，那一聲輕輕落下來的嘆息，又轉了

一個大彎彈了回去，快樂的歡呼聲衝出濃霧團，在山谷

裡迴盪。

第一個寵物日來臨了，為了迎接這一天，找

不到老師們，早已做好萬全的準備，那就是

每個人都帶一副「耳塞」來。

寵物日，一定是充滿了驚喜、

尖叫、瘋狂的日子，這樣的日子

需要一副好耳塞，才能保護自己的

耳朵。

但是事實不是這樣，「寵物日」平靜

36

得就像暑假裡的每一天，樹葉乾枯以後，落在地上「喀喀」的聲音，像咬碎餅乾一樣清脆又清晰，學校安靜得像一座荒城。

「噓——，不要吵，牠會受到驚嚇。」

三年級的一位女生，帶著她的小貓咪，貓咪像個懂事的小乖乖，跟在小女生身旁。

「你看牠，多漂亮，像不像是中了魔咒的公主。」

同學都來摸摸小花貓，小花貓撒嬌的喵喵叫。

「我這隻巴西龜也是，我也在尋找解藥，牠喝下解藥，就能變回原形。」

「牠的『原形』是什麼？」

「我也不知道，大概是一個漂亮的公主吧！」

阿當帶來的，是一隻舅舅送給他的巴西烏龜。小烏龜在阿當手掌上，小心的伸出頭來，好奇的看著四周。

每個人的音量都盡量縮小、縮小，只要音量稍微大一點，巴西龜就會把頭縮回去。

柯典小聲的跟阿當建議：

「如果他變不回原形，你也可以找巫婆，讓她下咒語，把你變成一隻烏龜，這樣比較快。」

柯典帶著小鸚鵡，小鸚鵡站在他的肩上，威風得不得了。那是爺爺送

給他的。

「不要讓牠受到驚嚇，牠會講話給你聽

「牠會講什麼話？」

「會講哈囉、你好，還會叫我的名字。」

「牠怎麼這麼聰明啊？」

「你怎麼教牠講話的？」

「好可愛啊！」

喔！

41

鮮黃色的鸚鵡，有時候站在柯典的手指上，有時候靠在柯典的肩膀，像一個依賴媽媽的小孩。

找不到校長看得出來，這份情感是慢慢熬出來的。

他舉辦寵物日，就是希望大家好好愛自己的寵物，不要隨便拋棄牠們。

有人帶著一缸大肚魚，有人帶著變色龍、蜥蜴、山雞、白鵝……，找不到國小的寵物日，不需要耳罩也不會吵鬧，有寵物的帶寵物，沒寵物也沒關係，欣賞、分

42

享也是一種幸福。

寵物日就在每

年的年中央，帶寵

物來上學，讓寵

看看主人的學校。

「明年是閏年

耶！」六年級的大

姐姐驚奇的大叫一

聲，嚇壞了許多寵物。

「噓——閏年又怎樣？」六年級的大哥哥，安撫著手中的變色龍。

「閏年的『年中央』有兩天！」大姐姐小聲的說。

「耶——！」這一叫，所有的寵物又嚇了一跳。

4 接不到的球——熱心的拔草先生究竟是誰？

重重山嶺環繞下，在找不到國小

打球，是一件麻煩的事。

找不到國小四周都是高山，

高山下面就是山谷，所以打球的

時候，不能太用力。

就不會有趣。

用剛剛好的力。

那要用多大的力？

剛剛好的力，是多大的力？

剛剛好的力，是一種很難控制的力。

不管是用手拋或是用腳踢，一用力，

球就飛進山谷裡，再也沒消息。

你也不能不用力，打球不能用力，

46

所以，在找不到國小打球，是一件麻煩的事。

那種力氣，就是剛好讓球從操場的這一端，飛到另外一端，它差一點就要飛進山谷，但是沒有。

「操場那麼小，不必用力，球也飛得出去！」從一年級

開始，阿當就發現了這件事的困難所在。

「所以要用剛剛好的力氣。」長大一點的阿當，終於知道該用多大的力了。

這樣的力氣，每個人都想試一試。但是一試，球就飛進山谷裡。

找不到山的山谷裡，總有一個一個帶著小朋友的驚叫聲飛出去的球，它們躲藏在山谷裡，想飛，也飛不起來。

然而，球還是要打呀！時間一久，找不到國小的小朋友，便發明了一種打球的方法，既可以盡情的用力，又不必擔心球飛進山谷裡。

那就是把球用力往天空丟去。

在操場的中央，把球往上空推，球落下、往上推、落下、上推，球還是會落到操場上，不必擔心球飛走。

用這種方法打球，可以盡情又盡力，立刻受到小朋友的熱愛。

49

如果從很遠很遠的地方，拿著望遠鏡往找不到山看，就會看到一顆顆不同顏色的球，黃的、橘的、白的、黑白相間的，正上上下下，像馬戲團的小丑在表演拋球一樣，沒有錯，那就是找不到國小的位置。

找不到的小朋友，只能用這種方法打球。但是，用這種方法打球，球還是不見了。

球飛到雲層上去了嗎？

不是。

找不到國小的操場邊、跑道的最外圍，

找不到老師細心的為小朋友種了樹木，好為

他們擋住可能會飛進山谷去的球。

樹木漸漸的長大，長到比小朋友

還要高的時候，除了能擋住球，

還能接住小朋友的球，像是張開

大手套的捕手一樣。

但是，樹木一年比一年高，

當樹木高過一樓、爬上二樓的時候，麻煩來了——再也沒有人能從樹木的大手套裡，拿出被接殺的球了。

「怎麼辦才好？」

阿當和柯典他們，搬出找不到國小裡，最長的一根高窗擦。

木梯，選出找不到國小裡，最長的一架

大家拜託操場上那位忙著拔草的先生，七手八腳的把他推上木梯。

找不到國小裡，最長的木梯上面，有一個伸直身軀

的人，他把最長的高窗擦伸到最直——已經快要碰到白雲了，卻還是頂不出卡在樹枝裡的球。

「再高一點、再高一點、再高一點！」

「哇！」

驚嘆聲中，球掉了下來，大家感激得不得了。

這個戴著草帽拔草的人是誰？大家忘了問。

然而，樹木越長越高，要把球順利頂下來，也越來越難。

因為這樣，找不到國小的操場邊，又高又直的樹木上，結出一顆又一顆特別的果實：藍的、橘的、黃的、黑白相間的，什麼顏色都有的球。

56

「什麼，球又上樹了！」

「時間來不及了，下節課再來吧！」小朋友像海浪

一樣撲向教室，留下了一塊安靜的天地。

拔草的人，總是在這個時候，拿出一把伸縮竹竿，

把它拉到最長、最長，去把卡在樹上，那一顆顆彩色的

果實，從樹枝上頂下來。

57

這樣，所有的球都在樹下等小朋友下課了。

「為什麼你們不橫著打？都要往空中拋？」

「這樣才不會掉進山谷哇！」阿當睜大眼睛解釋。

「四周有樹木可以擋住球了啊！」

小朋友睜大眼睛看看操場四周，樹木真的成了又高又密的圍籬。

「對耶，我們怎麼沒有發現？」

現在，找不到操場上，可以打躲避球，可以打排

球，可以踢足球，用多大力都沒問題。

找不到操場雖然小，有了

這圈圍籬，打什麼球都行！

可是大家還是忘了問，

那個在操場邊拔草的人，

究竟是誰。

5 校長的盧山真貌——原來他就是校長！

找不到國小的小朋友，誰也沒有想到過，第一次看見校長的盧山真面目，竟然是在電視裡！

當找不到國小的每間教室，都裝設了一部電視時，並沒有引起很大的驚奇。

誰家沒有電視？誰沒有看過電視？電視進到教室裡的時候，誰也沒有想過，電視要做什麼。

下課時，操場上有灌不完的蟋蟀、打不完的球，慢慢來老師作業改完的時候，還會跟大家一起玩三對三鬥牛，誰會想要看電視？

上課時，口沫橫飛的老師講得津津有味，還有永遠聽不膩的笑話——上課時也用不著電視。

阿當有時候會這麼想：

「放學以後，如果能夠全班留在教室，一起看完卡通再回家，那一定很不錯。」

可是放學的時候，每個人背起放學的書包，向著四面八方散發出去的時候，濃濃的雲霧便立刻包圍了過來，老師不會讓小朋友留在學校裡。

所以電視在教室裡，只能當一面鏡子，像車子上的後視鏡一樣。

上課的時候，電視照映著同學，下課的時候，電視照映著桌椅。

但是這一天，電視竟然醒了過來！

那一個有霧的早晨，掛在牆壁上的電視，依舊像鏡子一樣靜默無語。

沒有人去動電視，也沒有人按下遙控器，電視自動亮了起來！每個人的眼光，都被吸引了過去。

亮起來的電視裡，

出現一個人影；這個看起來

陌生的人，是這麼的眼熟，

每個人都輕輕的：

「啊！」了一聲。

「我有看過！」

但是，

誰也想不起來他是誰。

「各位小朋友……」這句話從電視裡傳送出來的時候，每個人都想起那一團濃濃的霧，還有濃霧裡傳送出來的聲音。

「是校長！」

「校長！」

他是只見聲音不見人影的校長！

當然還有搜尋速度更快的小朋友，他們想起這個影像是誰了。

「他就是幫我們把球從樹上弄下來的人！」

「對，他就是跟我們打過球的人！」

67

「還有還有，他就是蹲在樹下拔草的人！」

無數的驚喜歡呼，充滿每一間教室，像是同樂會一樣熱鬧。

「我們終於看到校長了！」

出現在螢幕裡的校長，講了什麼話，沒有人聽進去，只知道那片像鏡子一樣的電視，浮現了校長的影像！

就在每位小朋友的興奮聲裡，電視又暗了下來，回復以往的平靜。

「啊，校長不見了！」

校長在電視裡講了什麼話？校長長什麼樣子？沒有人知道，只知道大家高漲的情緒，久久平靜不下來。

「我看過校長耶！」這件事，讓找不到小朋友的心裡，充滿喜悅。

69

6 校長獎寫字比賽

——希望得獎的不是我。

一年一次的校長獎寫字比賽又來臨了。

過完農曆年，開學後第三個禮拜三，找不到國小就會舉辦一場比賽。就像找不到山上

報春的山櫻花一樣，寫字比賽也帶來春天的消息。

「寫字」是找不到小朋友的基本功夫，寫得端正是基本要求，寫得正確是比賽的基本規則。

從這一場比賽裡，校長要親自選拔一位——而且只能一位，不會再多一位。這位獲選的小朋友，就是校長獎寫字比賽的得獎者。

每位小朋友都摩拳擦掌，準備大顯身手；每位老師也都加緊指導，擔心被選上的是自己班上的小朋友。

這是怎麼回事？老師怎麼會怕自己

班上的小朋友得獎？

先不管這些，比賽就要開始了，小

朋友帶著興奮又緊張的心情進入大教室。

擺好桌子、椅子的大教室裡，全校

的小朋友安靜入座。大教室裡一點聲音

也沒有，椅子輕輕的拉開，鉛筆盒慢慢

的打開，寫字之前要讓心情沉澱下來。

鉛筆磨擦紙張的聲音，是這麼的舒緩，沒有人急著要寫完；一筆一畫慢慢寫，一字一句都要落在格子正中央。

有的小朋友平常就會用心寫，有的總是隨便寫，但是到了比賽前幾天，一定會請爺爺、奶奶幫忙看一看，字寫成這個樣子行不行。

親自主持這項比賽的找不到校長，

打得一手飛快的電腦字，有時候速度太快，還要停下來等一等，讓電腦把他打的字慢慢跳出來。

不打字的時候，校長就蓋印章。校長有一大堆印章可以蓋，大的、小的、方的、圓的、紅的、藍的，校長根本不必動手簽名。

不必寫字的校長，為什麼這麼在乎

「字」寫得漂不漂亮？

因為找不到校長心裡，有一個很大的遺憾，那就是

他的字，寫得不怎麼漂亮。

不怎麼漂亮的字，從小就跟著他，小學老師經常跟

他說：「你的字，怎麼都像被強風吹過一樣，細瘦無力

又凌亂，能不能讓它們回到還沒被風吹過的樣子？」

如果知道長大以後會當校長，他一定會把字練得大

大方方、漂漂亮亮。

當校長以後，找不到校長努力練習打字，從「慢打」進步到「會打」，從「會打」再進步到「快打」，如今，他已經達到「超速」的階段，但是他還是覺得遺憾。

一切要提筆來寫的東

76

西，他都用電腦打字；要提筆簽名的地方，他一定蓋下印章，他以為這樣，就能擺脫「字很醜」的陰影。

每一年，畢業班的小朋友把一本又一本的簽名簿放在校長的茶几上，等著校長親筆題字、親筆簽名的時

候，校長的心裡就矛盾得不得了。

「怎麼辦？怎麼辦？」

找人代寫沒有誠意，親自動手又沒有面子。進退兩難的時候，校長決定了，他要練出一手好字，他還要讓自己的學生，也都寫出一手端正有力的字。

所以，找不到校長舉辦「校長獎寫字比賽」，要幫助小朋友把字寫端正。

讓我們再回到比賽現場，為什麼那個字寫得飛快的

六年級大哥哥，正經八百的一筆一畫慢慢寫？為什麼簡

單的五十個字，每個人都不會提早交卷？

有人帶著爸爸小時候的墊板、有人帶著姑姑用過的

鋼筆，還有人帶著祖傳的小銼刀，鉛筆鈍了，在銼刀上

磨一下，保持鉛筆夠尖、線條夠細。

濃濃的霧也飄進禮堂來湊熱鬧，每個人都這麼用

心，到底誰會得獎？

緊張的時刻來臨了，找不到小朋友，都在心裡暗自

祈禱：「千萬不要是我！」

「這一個學期，獲選的小朋友是——」

「啊——」

好多小朋友摀住耳朵不敢聽——

「六——」校長一個字、一個字的宣布。

「天哪——」一到五年級的小朋友都鬆了一口氣。

「年——級——的——」

六年級的一位大哥哥，得到這一年的「校長獎」，雖然他百般不願意，但是聽完找不到校長的祕密，就心甘情願的練起字來，也許有一天，他也當上了校長，那時候，他的字就會派上用場。

大哥哥的字，總是塞不進格子裡，找不到校長和他一起努力，要寫出橫平豎直、四平八穩的字來。

81

「我們要練到什麼時候？」

「練到你的字比我的字漂亮。」

「那要多久？」

「很快，只要你想做到。」

找不到校長也希望那一天趕緊來臨，他不必再打字、蓋印章。

7 兒童節禮物──貼心的禮物最實惠。

兒童節就要來了，找不到校長不停的想，送什麼禮物給小朋友才好？

鉛筆盒、水壺、小電燈、筆記本、麵包……。

「小朋友最想要的是什麼？」

這個問題，不斷落在找不到校長的腦子裡，就像打在車窗上的雨珠一樣，不管雨刷怎麼擦，還是擦不去。

他遠遠的看著操場上打球的小朋友，他近近的看著排隊洗手的小朋友，小朋友最想要什麼？

「我希望爸爸、媽媽陪我看卡通就好，不要每次我講什麼他們都聽不懂。」中年級的小朋友這麼回答。

「我希望爸爸、媽媽在家陪我，不要出去工作，這就是最好的禮物！」高年級的小朋友這麼說。

找不到校長在濃濃的霧裡，蒐集到珍貴的情報，這些情報夾帶著重要的線索。

找不到校長下定決心，今年的兒童節禮物就是——看卡通！校長要學會「看卡通」。

想好了禮物，就要準備開始，找不到校長算算時間，他要加緊腳步了。

可是啊，找不到校長太忙，他從來沒有看過卡通，一切要怎麼開始？

小朋友都在看什麼卡通？找不到校長在濃濃的霧裡，去請教

小朋友，最近都在看什麼卡通？

「葡萄柚巨人」、「公雞蛋塔堡」、「透明機器人」……還有，一定要看「烏龍茶葉包」，這齣最好笑！

「我怎麼都沒有聽過？」找不到校長有點懊惱

惱，但是不能懊惱太久。

找不到校長下班之後，立刻研究卡通，他隨身帶著筆記簿，要為卡通人物寫出關係圖。卡通人物的身世背景、興趣個性、外貌內在，他都要關心。

找不到校長一邊作筆記、一邊還要叮嚀自己：絕對不可以轉臺！

「葡萄柚巨人」是一個懶洋洋的巨人，整天躺在院子裡晒太陽，他喜歡吃葡萄柚，只要吃下一顆葡萄柚，精神體力立刻充沛，任何

困難都能迎刃而解。可是吃太多葡萄柚的時候，又會把

事情弄得更糟。

奇異果先生是他的軍師，什麼事都喜歡插一腳，但

是常常把事情弄得更複雜，奇異果先生吃下一顆奇異

果，葡萄柚巨人就有消耗體力的事可做。

「公雞蛋塔堡」裡面，有一隻大公雞，不知道為什

麼，這隻公雞竟然會生蛋，每次生蛋，就被自己做的事

嚇得喔喔啼。公雞蛋塔堡裡有一個巫婆，她就是靠公雞

蛋維持自己的魔力。

校長一邊看電視，一邊做筆記，

心裡還要一邊想：

「他們的小腦袋裡，怎麼能裝下這麼多東西呀？」

「比數學四則運算混合在一起還要難上十倍啊！」

「這個比背課文還要困難五倍！」

「小朋友怎麼記得住這麼複雜的關係？」

找不到校長擦擦額頭上的汗珠，越是看不懂，越要

拚命看。

堅持到底、永不放棄，這一次兒童節禮物，找不到

校長一定要跟小朋友談上一個小時！

8 兒童節那一天

——校長當考生，歡迎來提問。

期待著、期待著，找不到小朋友從來沒有這麼期待過，期待兒童節來臨。

每個人都準備了許多題目，抄在紙上、握在手上、放在心上，就是要好好當一次「主考官」。

沒想到，人生第一次當主考官，就是要來考校長，

大家對於這個禮物，真是滿意到了極點！

找不到校長準備好了嗎？

時間還沒到，校長還在校長室裡看小抄。

「校長加油！」經過校長室的小朋友，從窗口探頭為找不到校長打氣。

「校長放心，我們不會考太難的。」也有人搖了搖手上密密麻麻的紙條，說不難才怪。

冷靜、冷靜，不能被影響，找不到校長現在需要的

是冷靜。

『文旦柚巨人』，不對，是『大白柚巨人』……，

怎麼好像怪怪的，啊，是『葡萄柚巨人』才對，常給他

帶來麻煩的是『百香果先生』，怎麼又怪怪的？」

不能慌張、不能慌張，時間的腳步一步一步逼近，

找不到校長合上筆記本，冷靜的想一想。

「是奇異果先生才對！」

「喝了烏龍茶葉包，就能夠想起一件過去發生的事，可是又會忘記最近發生過的事。」

「玻璃透明機一照到任何東西，那樣東西就會變成透明的，不會讓人發現。」

「葡萄柚巨人如果有困難，可以吃下一顆葡萄柚，但是他又會往上長高一點點⋯⋯」

準備好了嗎？時間已經進入倒數。

「十、九、八⋯⋯」

校長一步一步走上臺，他要接受許多主考官的考驗。

「校長加油！校長加油！」

這麼多鼓勵，找不到校長心裡好感動。

「三——二——一！時間到！」

第一個上臺提問的，是位一年級的小朋友。

「請問校長，葡萄柚巨人有一次遇到超級狂風，超級狂風差一點把他吹走，請問葡萄柚巨人怎

麼辦？」

「這個卡通校長沒有錯過，」找不到校長肯定的說：「葡萄柚巨人拿起葡萄柚，跟超級狂風玩起棒球，超級狂風擔任打擊手兼守備，最後葡萄柚巨人把狂風接殺出局，超級狂風只好加速離去。」

臺下響起如雷的掌聲，小朋友終

99

於找到一個大人，一個有看卡通的大人了！

第二個提問的小朋友，站上發問臺。

「校長您好，我是五年級的小朋友，我想問的問題是，公雞蛋塔堡的蛋，是什麼蛋做的？謝謝。」

「公雞蛋塔堡的蛋是公雞蛋做的，這隻公雞因為中了巫婆的魔咒，吃太多蛋塔，純蛋做的蛋塔進到公雞肚子裡，又變回一顆顆雞蛋，讓公雞生了下來。」

「好厲害呀！」

「原來校長也知道！」

臺下的小朋友像找到知音一樣，興奮的拍手。

發問的小朋友一個接一個，沒有一個問題難得倒找不到校長。

時間過得飛快，最後一位發問的小朋友上臺了，他的問題會不會難倒校長？

「我是三年級的學生，我想問的問題是，六點半有

101

幾齣卡通？」

這個問題對一個初學者來說，真是困難的問題。

找不到校長在臺上伸出手指，冷靜的數了數，他說：

「六點半共有八個卡通節目可以看。」

「答錯了！」發問的小朋友這麼宣布。臺下的小朋友，也為校長緊張起來。校長不慌不忙的又數了一次，

他說：「八個沒有錯。」

「不對，只有七個。」

「我把八個卡通都說一次，你看看對不對。」

「適合低年級小朋友看的『嘰咕雞』、『快遞貓咪』、『天使蛋糕』，適合中年級小朋友看的有『葡萄柚巨人』、『公雞蛋塔堡』和『成語故事』，適合高年級小朋友看的『烏龍茶葉包』和『透明機器人』。」

校長一口氣講完八個卡通節目，臺下的小朋友不僅目瞪口呆，更是瘋狂到極點。

「偶像！偶像！偶
像！」

校長站在舞臺中
央，接受像雷聲一樣的
歡呼。原來三年級的小
朋友，沒有把「成語故
事」算進去。

找不到校長的努力，終於有了收穫，他擦擦額頭上的汗珠，希望明年這個時候，他平時就能準備好，不必臨時抱佛腳。

「看卡通」這麼困難的工作，你們都能做得這麼好，那麼，再困難的功課，一定也難不倒你們。」

濃霧穿過舞臺，找不到校長鬆了一口氣，看來，今年的禮物，大家都很滿意。

9 上課前的廣播——校長今天有什麼不一樣？

找不到國小的下課時間，就是一節天然的自然課。

夏天的時候，去看一看大樹上的蟬，當牠們在樹上唧唧叫著的時候，也許有機會看見「螳螂捕蟬，黃雀

在後」的畫面。

如果能撿到一個蟬的軀殼，那更會像是英雄一樣，被同學崇拜。最幸運的，就是發現獨角仙，那是暑假山谷裡，跑出來休息一下的拓荒者，只有暑假山谷裡才有。

女生常常蹲在跑道邊，老師說如果能找到四葉的酢漿草，就能帶來幸運。

所以就算有近視，也要蹲在草地上，一邊聊天一邊尋找，看能不能找到四顆心合在一起的幸運草。

和校犬來祿在草地上追逐、和同學一起打球，找不到國小裡還有一大堆可以做的事，下課時間永遠不夠。

所以，回教室的時間，就會慢了許多，而且常常越慢越多。

「健康是一切的基礎！遊戲讓人健康，下課放心出去玩！」找不到校長鼓勵大家下課盡量去玩。

可是，上課時間慢太多也不行。健康重要，上課也重要！

為了準時上課，找不到校長又有新主意！

「各位同學請注意──」

自從校長第一次出現在電視之後，就接連不斷發生這類的事：電視自動亮起來，接下來出現的人影，就是找不到校長。校長來提醒大家，該進教室上課了。

大家終於看清楚了，圓潤黝黑的臉龐上，架著一副近視眼鏡，神采奕奕的眼睛，散發慈祥的氣息，兩道濃密的眉毛，緊緊貼在眼睛上方，好脾氣全寫在臉上。

「各位同學請注意，現在已經上課了，請趕緊回到教室上課！」

聽到這句話的人，都已經進教室了，遲到的人永遠看不到這一幕。

「校長今天穿藍色的襯衫耶！」

「你們看、你們看，校長今天換了新眼鏡！」

「哇！真的耶，好酷喔！」

「他的眉毛今天飛得比較高喔！」

112

低年級的小朋友更是興奮，原來校長就在電視裡。

一群人圍著電視大喊：「校長好！」

沒有多久，下課在外面玩到忘我、上課還在外流浪的小朋友，也急著回來，加入觀察、討論的行列。

那些抓也抓不膩的蟬、灌也灌不完的蟋蟀，再也比不上校長吸引人。

校長永遠不知道，當他出現在電視中的時候，每個小朋友都在玩「大家來找碴」的遊戲，看看誰能找到今

天的校長，和昨天的校長不一

樣；這一節的校長，和上一節的校

長，有什麼不同。

「校長座位後面的櫃子裡，有一

本書不見了！」

「校長昨天剪頭髮！」

「你們看，那本書這一節又回來

了！」

有了這個遊戲，上課之前，每個人都提早回教室，鐘聲還沒響，先在教室等校長。

大家都要看，今天校長有什麼不一樣。低年級的小朋友，更是要守著電視，跟校長行禮。

找不到校長心裡也很開心，因為大家都準時上課了。

「我的廣播真是有效！」

找不到校長，一直都不知道，上課之前的三十秒，

小朋友都圍在電視機前，等著校長出現。每個人都把握

那短短的時間，要找到最多的不一樣。

10 校長特別獎——有努力就要鼓勵；有鼓勵就會努力。

最近，找不到國小裡，經常有被叫到名字上臺領獎的小朋友，他們總是意外的張大嘴巴，緊張的想：

「真的還是假的？」

領獎。

他們從來沒有上臺領過獎，也不知道為什麼而上臺

在臺下鼓掌的小朋友，也忍不住驚訝的張大嘴巴：

「是真的還是假的？」

——「這是真的！」

找不到校長的聲音，從濃濃的霧裡傳出來，不僅熟

悉，還帶著響雷一樣的震撼。

很多人都不相信這是真的。那個經常跌到最後一名的大哥哥，為什麼能上臺領獎？那個成績像海嘯一樣，劇烈振盪的大姐姐，為什麼能得獎？還有那個常常考不及格的中年級男生，為什麼也被叫到臺上去？

一連串的疑問，停留在每張又大又圓的嘴巴裡，每個人的眼睛，發射出來的都是驚嘆號！

校長的聲音，又從濃霧裡傳出來：

「這是『校長特別獎』，專門獎勵那些特別努力，卻沒有好名次的小朋友。」

這時候，所有的驚嘆號都變成問號：「考五十分也有努力喔？」

「他們真的很努力！」

找不到校長看過找不到小朋友的考卷，發現有一些小朋友很努力寫，只是最後的答案都不對。

那位高年級的大哥哥，寫考卷的時候，用心的把數學題目讀了又讀，絞盡腦汁要寫出解決的辦法，他還把每一題計算題都仔細的算過了。

他不是加錯一個地方，就是減錯一個地方，才會跟正確答案不一樣。

找不到校長像偵探一樣，仔細看過他的計算過程，那是令人感動的過程。

「有的人學得快，有的人學得慢，怎麼能只獎勵學得最快的人？」

找不到校長把所有的考卷看了又看，只要有一點點蛛絲馬跡，讓他覺得很「用心」，就能得到校長特別頒發的「特別獎」。

低年級的小女生，她的考卷只寫了一半，還沒有寫完。

找不到校長發現，她的字寫得又端正又

漂亮，一定是她寫得慢，所以沒寫完。

「時間再長一點，她一定能寫完。」

「寫得慢不代表她不會，每個人有每個人的速度，不要慌不要亂，事情一定能做好。」

學校很小、人數很少的

找不到國小，要在這裡得

獎，並不是一件困難的事。只要學得快，考試之前看一看書，就能考出好成績。

可是，還是有人很努力、很努力，依然得不到獎，因為每次考在最前面的，永遠是那幾個。

每次考完試，找不到校長就會拿著放大鏡，仔細檢查考卷，他要給那些特別努力的小朋友一個鼓勵。

他要獎勵那些很努力的小朋友，讓他們知道，有人看見他們的努力，要保持下去，繼續努力！

11 「看不見山上」的新生

——回家好好休息，明天再來上學。

每天都有濃霧的找不到國小，每年都有新生來報到。

報到的時候，新生的臉上，都寫滿了興奮——耶！我可以進找不到國小讀書了！濃濃的霧裡，那響亮的聲音，一聽

就知道發自心底。

每次都是聽哥哥說、聽姐姐說，說找不到國小裡，有一大堆好玩的事，每位老師都很和氣，就連找不到校長，也有趣到令人不想下課。

這到底是怎麼回事？他們一定要親自來體驗一下。

但是今年不一樣，今年有一位還沒

有準備好的小新生，他還不知道找不到國小的好，就先進到找不到國小。

上學有多好，他完全不知道。小新生從很遠很遠的那座山，那座高得看不見山頂的「看不見山」來的。

看不見山上雖然也有一所「看不見國小」，但是「看不見國小」人數一直減少，已經面臨要被「廢校」的命運。

所以小新生的爸爸媽媽帶他到找不到國小來，免得還沒

有畢業，學校就真的「看不見」了。

陌生的道路、陌生的學校、陌生的同學，小新生每

天繞過超超超山路，看到這些，心裡只有害怕。

他知道害怕最好的表現方法，就是大聲的哭。他一

盡情大哭，小朋友就被他嚇得呆在原地，不敢亂動。

「好可怕啊！」

每天早上七點，找不到國小的校門一打開，摩天圖

128

書館才轉起來，那個看不見山上來的小新生，哭鬧的聲

音就響遍整座找不到山，在摩天輪上的人都聽得清清楚

楚。

找不到校長立刻感覺到校長室也在震動，真是好強

力的哭聲啊！

向「看不見山」。

「我不要上學！」小新生的聲音，像炮彈一樣，射

「我要回家！」當找不到校長出現在教室門口的時

候，小新生大聲的說。

小新生哭得滿頭大汗，像一隻刺蝟一樣，誰靠近他，誰要安慰他，他就先發脾氣。

「好好好，校長載你回家！」找不到校長蹲了下來，跟小新生說：

「你只要先跑完三圈操場，再

把自己的名字寫一次，我就帶你回家。」

這個任務看起來不難，小新生最拿手的就是跑操場，他帶著眼淚，跑完三圈操場，又在紙上寫了一次自己的名字，校長就帶他回家

了。

「回家好好休息，明天再來上學。」找不到校長這

麼叮嚀小新生。

第二天小新生上學，一進教室，他又用強勁的哭

聲，把找不到校長吸引過來。

「我不要上學！」

小新生看到校長來了，馬上知道是救星來了，拉著

校長就去跑操場。

134

小新生經過摩天圖書館的時候，抬起頭看了一下高大的摩天輪；在操場上，他看見了「海浪滑梯」，操場上灌蟋蟀的小朋友，也讓他的眼光多停留了一下。

的名字。」

「今天得跑四圈才行，還要寫好自己的名字和老師

看不見山上來的小新生，很快就完成任務。找不到

校長又開著他的小車子，送他回到看不見山上。

「回家好好休息，明天再來上學。」

第三天的任務，是搭摩天輪，在摩天圖書館看書。

第四天，去「海浪滑梯」練習溜滑梯。第五天，找不到校長和小新生一起灌蟋蟀⋯⋯

第六天，濃霧是第六天開始稍微散去的。校園裡沒有聽見震撼的聲音，小新生不吵不鬧，乖乖坐在教室

裡，他在等找不到校長來，看看今天有什麼新任務。

第六天放學的時候，小新生還想留在學校裡，他終於發現，找不到國小讓人捨不得離開。爸爸來接他的時候，他還依依不捨不想回家。

「我不要回家！」

小新生換了一種方式，他現在不想回家了。

找不到校長，面對更大的挑戰，他要怎麼辦？

他還是對小新生說同樣一句：

137

「回家好好休息，明天再來上學！」

找不到校長伸手和小新生「打勾勾、蓋印章」。

小新生乖乖的跟爸爸回家，等著明天早起再到找不到國小來。

12 找不到刷牙時間——校長不能幫你刷牙，但是想給你一口好牙。

中午十二點二十三分三十秒，鐘聲準時響起，沒有快一秒，也沒有慢一秒，找不到國小的「找不到刷牙預備時間」到了！

這個時間一到，不管你是正要搬餐桶去放的值日生、正在擦黑板的好幫手，還是正

在教同學算數學的小老師……，都要趕緊回教室，回到自己的座位，再把牙刷從抽屜裡拿出來——這是「預備時間」該完成的事。

在這九十秒的預備時間裡，還要把牙膏擠在牙刷上，把漱口杯裝好水，在長長的洗手檯旁邊，找一個習慣的位置站好。

深呼吸，不要急，靜靜等待「找不到刷牙時間」正式來臨。

十二點二十五分，鐘聲輕輕的

「噹！」了一聲。

刷牙的音樂在這個時候響起，全校動作一起刷牙。配合著輕快的旋律，節奏要比跳大會操還要整齊。下排牙齒，左邊先來，換邊的時候，全校動作整齊，沒有人會搶了拍子。

142

全校上上下下、

老老少少，都在這個

時間一起刷牙。

就像早餐店關門

前的洗洗刷刷一樣，

每個人都在認真的刷。

千萬不要在這個時候打電話給

校長，因為他滿嘴泡泡，不方便講

143

電話。也不要在這個時間打電話到辦公室，老師們都去刷牙，沒有人能接電話。教室裡面同樣一個人也沒有，不管你是腳痛、手受傷，還是咳嗽、喉嚨沙啞，完全沒有藉口，統統都要去刷牙。

全校都在用心的刷，一邊數拍子，一邊數自己有幾顆牙。

低年級的小朋友刷牙比較麻煩，有些人只剩幾顆牙可刷，有些人嘴裡有搖搖欲墜的小乳牙，刷起來還會有

點痛。

找不到校長告訴大家，不管有牙沒牙，一定都要仔細的刷。

「健康是一切的基礎，沒有了健康，一切都是空談！健康的牙齒才有健康的腸胃，健康的腸胃才有健康的身體。」

「校長最在意的，就是能擁有一口好牙。從小養成刷牙習慣，不要提早戴假牙。」

找不到校長，就是很早戴起假牙的人。等他覺得牙齒很重要的時候，真牙已經離開他，再怎麼刷，也刷不出一口真牙。

這是找不到校長藏在心裡的祕密，他一直沒有告訴小朋友，但是他希望每位小朋友都能有一口好牙。

十二點二十八分，找不到刷牙時間準時結束，剩下兩分鐘的時間，校長會親自去檢查，欣賞小朋友刷得乾乾淨淨的牙齒。

缺了門牙，講
話有點漏風的低年
級小朋友，他們最
勇敢，不管有牙沒牙，
都會很驕傲的展示。

在那又白又亮，還有一點歪歪斜斜的牙齒裡，找不到校長好像就看到了希望。

斜斜的牙齒裡，找不到校長好像就看到了希望。

看到了希望。

「一口好牙，就是校長送你們的禮物。」

中午十二點二十五分，千萬不要打電話到找不到國小來，濃濃的霧裡，這是全校一起的刷牙時間，

不管年齡大小，不分男女老少，只要是這個時間在找不到國小，記得一定要拿出牙刷，找一個洗手檯站好，時間一到，這場盛大的刷牙典禮，就會準時開始。

這是找不到國小的驕傲，牙齒為主人辛苦工作，這個時間，主人也要為牙齒做一點延年益壽的工作。

找不到刷牙時間，不刷牙的人，請不要這個時間進到學校來。

13 又愛又怕的體育課——什麼課都能改成體育課！

「找不到國小的小朋友，你最喜歡上的是什麼課？」

如果你到找不到山上來，隨便找一位穿著「找不到」運動服的「找不到小朋友」問這個問題，得到的答案

150

一定是──

「體育課！」

對，就是體育課！上體育課時，打躲避球、打棒球、打籃球、踢足球，都是快樂的事。就算不打球，跑步、做體操、吊單槓、丟鉛球也是有趣的事，流汗之後再大口大口的喝水，體育課是大家最愛的課。

「健康是一切的基礎……」找不到

校長還沒說完，找不到小朋友立刻接住：

「沒有了健康，一切都是空談！」

「對！健康，就從運動做起。要運動，我們就要每天好好的上體育課！」

濃濃的晨霧裡，找不到校長的決定，像一場美麗的流星雨，每個小朋友都把頭抬了起來，趕緊許下心願，讓這

件事成真！

「每天都上體育課！」

可是每個禮拜只有兩節體育課啊！

「校長讓各班自己選擇，看看要把什麼課改成體育課？」

「數學！數學！拿數學課去上體育課！」

六年級的大哥哥、大姐姐，常常擱

153

淺在聽也聽不懂的數學課裡，進退不得，覺得好無聊。

所以校長宣布這個消息，每個人都把數學課推出來。

「最好所有的數學課都來上體育！」

找不到校長支持這個想法，枯燥的數學課早就該丟掉了，找不到校長要親自帶六年級小朋友去上體育課！

上體育，先做暖身操，再跑兩圈操場。

接下來的任務就是集合。大家都很興奮，找不到校長會親自上體育。

154

「你跑一步大約幾公分？」這個問題，問得大家回答不出來。

「一圈操場，你要跑幾步？」這個問題更沒有人知道答案。

「所以，找不到國小的操場，一圈大約幾公尺？」

天哪！體育課怎麼變成這樣？

找不到校長給每個人一支二十公分的尺，體育課就正式開始。

有的人拿著尺，有的人拿著樹枝當成筆，在地上畫了線。

「跑一步不準，多跑幾步求平均，量起來比較準。」

「『平均』？怎麼求啊？」

沒有關係，找不到校長會教你：「『平均』就是……」

有的人跑了二十幾步才停下來，太遠了，尺不夠長，只好再重來。

有的人已經在操場上跑步了，有的跑到一半忘了數；有的跑回終點，只記得是三十五，忘了是幾百，只好又重來。

還有還有，找不到校長說，多跑幾圈求「平均」，這樣更正確。

時間一分一秒過去，操場也跑了好幾圈，每個人都想得滿頭大汗。每天躺在它肚子裡，它的腰圍到底

有多少，怎麼都沒有人知道？

每天一節體育課，算完了腰圍算直徑，算完了直徑算面積……。五年級的小朋友還要算速率，算出朋友走路的速率、跑步的速率。

找不到校長還是這麼說：「多做幾次求『平均』，才會更準確……。」

「平均」就是要多做幾次！

速率問題、種樹問題、影子問題……。

找不到國小的體育課，什麼道具都有：大尺、小尺、繩子、樹枝，每個上體育課的小朋友，都上得忘了下課。

日子一久也沒有人計較這麼多，不管什麼課，先跑兩圈操場再說。

「上課囉！」

低年級的小朋友，站在通頂階梯旁，等老師來出題目。高年級的小朋友，在球場上等找不到校長來，只要他說完題目，體育課馬上開始。

不管什麼課，先跑兩圈操場再說。最好國語、鄉土語也都改成體育課，再加上英語也不怕！

14 午餐吃什麼——吃飯不難，寫菜單才難。

找不到國小裡，最高的地方，有一棟小屋子，小屋子四周裝著綠色的紗窗，紅色的屋頂上，豎著一管白色煙囪。

霧很濃的時候，看不出煙囪有沒有冒煙，但是煙囪冒

163

出香氣的時候，就是午餐時間快到了。

「午餐吃什麼？」

找不到國小的菜單單頭痛。要好吃、要營養、要新鮮、要健康、要變化多端，還要價格

老師，每個月都在為菜

合理，寫菜單比寫考卷還難。

更令人傷腦筋的是，每天掀開菜盒的時候，已經聽不到歡呼。寫菜單的老師，想不出讓人歡呼的菜單了！

「健康是一切的基礎，沒有了健康，一切都是空談！」找不到校長永遠這麼堅持。

「好菜單才能好健康！」

好菜單到底在哪裡？寫菜單的老師，每天掀開菜盒

165

的時候，也開心不起來。

找不到校長想出一個辦法，他決定把這件困難的事，交給小朋友來做，順便讓小朋友知道，要寫出一份好菜單，有多麼不簡單。

第一個上場的，當然是六年級的大哥哥、大姐姐。

他們信心滿滿，相信一定能寫出一份從一年級滿意到六年級的菜單。

他們聚集在教室裡，在教室的大桌子旁商量。

時間就在絞盡腦汁、熱烈辯論、小聲討論、大力說服之下，一分一秒的過去，好不容易寫好一份菜單。

三月的午餐，端出第一份小朋友設計的菜單。

「哇！」

三月的第一天，掀開菜盒，全校一致的瘋狂尖叫，設計菜單的小朋友滿意極了。

這份菜單看起來簡單，卻美味極了，星期一到星期五輪流是：

豬肉漢堡、花枝漢堡、鮮蝦漢堡、鱈魚漢

堡、卡啦雞腿漢堡。

除了漢堡，還有蔬菜，分別是：薯條、薯塊、薯餅、薯球。唯一沒有改變的，是湯，整個三月，都喝玉米濃湯！

第二天的歡呼依舊，大家一邊吃，一邊讚美，說這是世界上最棒的午餐！找不到午

餐，恢復旺盛的活力。

多麼美味的午餐哪！第三天、第四天，每個人都在期待午餐時刻降臨。

第五天，歡呼的聲音減弱了，很多人開始猶豫，還要不要歡呼。

第二個禮拜，當豬肉漢堡

第二次出現的時候，大家再也開心不起來了。

「又是漢堡！」

「怎麼又是——」

開始有人吃不完一份午餐，也有人開始祈禱，明天不要再是漢堡。

「我們還要這樣吃多久？」

五年級小朋友看出這個月菜單的缺點。

「太多油炸食品，太多重複，要改進這些缺點。」

五年級小朋友聚集在一起，他們共同研究，一起回想、創造變化，拋開一成不變，他們要每天不一樣！

端上來了，端上來了！美妙的歡呼聲又來了，天天都不一樣：肉骨茶泡麵、鍋燒泡麵、炒泡麵、乾拌泡麵、泡麵羹、鮮蝦米粉、當歸鴨麵線……。

五年級的小朋友厲害，菜單天天不一樣，還避開油炸食物，添加青菜豆腐。

這份菜單一上來，就受到很大的肯定。

171

「最好連晚餐都能在學校吃！」

第二天、第三天，午餐都沉浸在歡樂的氣氛裡；第五天、第六天，歡樂還在，只是有點膩。第六天，有人看到泡麵就沒胃口。

「我們寧可吃老師開的菜單！」這句話像種子冒出頭來的小芽，讓人又驚又喜。

四年級的小朋友，還沒開始寫菜單，就先用心的觀察，他們的目標是要寫出一份吃不膩的菜單。

來了來了，期待之中，他們的菜單也端出來了。

火腿蛋炒飯、蚵仔麵線、小火鍋、蚵仔煎、臭豆腐、可麗餅……

五月的找不到國小午餐，進入夜市風味，餐餐都有不一樣的小吃，令人百吃不厭。

可是百吃不厭裡，還是有抱

怨的聲音爆裂開來。

「炒飯裡都是蔥！」

「泡菜好辣！」

「我不敢吃蚵仔！」

「我沒有吃飽！」

「吃飽馬上又餓了！」

吵吵鬧鬧之中，終於又過了

一個月。

「三年級的小朋友，該你們開菜單囉！」

當找不到校長邀請三年級小朋友開菜單時，三年級的小朋友我看看你、你看看我，他們同時搖搖頭。

「我們要吃老師開的菜單！」

菜單老師恢復無比的信心和勇氣。原來她開的菜單，還是有人欣賞。

這一年的五月，吃完了四年級的「夜市風」，終於可以回到老師的菜單。

176

「哇！」歡呼

聲又回來了。

「這才是我們習慣

的『找不到菜

單』！」

15 校長的畢業旅行

——校長還會回到找不到國小嗎？

時間過得好快，全新的找不到

校長，來到老舊的找不到國小，

一轉眼，就是四年過去，找不到

校長再也不新了。

校長不像老師，可以永遠不離

開，校長跟學生一樣，時間一到就要換一所學校，不能永遠不畢業。

只有四年，找不到校長就要從找不到國小畢業了。

既然要畢業，校長也為自己辦一場畢業旅行。找不到校長騎著單車，先去看一看每年馬拉松比賽時，那一棵掛著「抵達卡」的老松樹。

一路上，有人踩著單車，有人拄著手杖，一邊運動一邊詢問，他們在尋找傳說中的找不到國小。

經過大家的口耳相傳，找不到國小越來越不難找，加上地圖奶奶的穿針引線，讓找不到國小更加好找。

那被風吹倒的路標又重新站了起來，盡責的告訴每一位上山的遊客，找不到國

小在哪一條岔路上。

來到蒼勁的老松樹下，微風輕輕吹

來，特別涼爽舒暢。老松樹早就擺好了

照相的姿勢，等著和找不到校長

合拍一張照片。

一朵油桐花落了下來，好像

在跟找不到校長道別。

找不到入口街，是找不到山

上活力四射的地方，這一條老街上，每一間商店他都熟悉，離開之前，當然也要去說一聲「再見」。

什麼時候會再見？山霧太濃，路太難找，明年的路標也許又被風吹倒，下一次再來找不到國小，依然能這麼順利就找到嗎？

繡花婆婆、萬能叔叔、百年中藥店，離開之前，當然要去王老闆的眼鏡鋪配一副眼鏡，再讓快刀黑燕阿姨剪一剪頭髮。

天色暗了下來，找不到校長騎著單車回到找不到國小，他要看一看夜色來臨的時候，濃霧怎麼聚在一起；

看一看天快亮起來的時候，找不到山是怎麼醒過來。

老舊又斑駁的找不到國小招牌，在風吹日晒雨打的磨練下，呈現出年代久遠的溫和，讓人更加想親近它，

找不到校長當然也要跟它來一張合照。

遠遠看著慢慢來老師上課，校犬來祿在校園裡快樂的跳躍，四年裡的每一天，好像都一樣，可是仔細想一

想，沒有一天一樣。

濃濃的霧裡，又一朵白色的桐花落了下來。

收藏起來，夾在書頁裡，每一位找不到小朋友的笑容，都是找不到校長心扉中，美麗的回憶。

校長有多恐怖？

每次在找不到山上剪頭髮，都是一次心驚膽顫的任務，但是我還蠻喜歡這種感覺。

快刀黑燕姨會在我還沒把意見講完的時候，就讓頭髮一撮撮落了地，一切都不必說了。

凌厲的刀法，像千軍萬馬在我頭頂上奔騰，沒有鏡子、沒有設計、不聽建議，刀劍交鋒之後，頭頂會變成什麼樣子？是被夷為平地？還是削出一片山脊？

每個坐在快刀黑燕姨椅子上的人，都是這樣提心吊膽的。快刀黑燕姨一定從來沒有想過，讓人害怕的她，也有坐立難安的時候。

新校長聽說了快刀黑燕姨的技術，也想來改頭換面、換一個新的造型。

「你一定不相信，我聽到那四個字，就像天搖地動一樣，只想往外逃。」

「哪四個字啊？」我好奇的問。

「校長來了！」

我差點大笑起來，但是不行，我必須把笑意忍住，因為仰頭一笑，我的頭髮會變成什麼樣子，就不是她可以掌控的了。

「校長？為什麼你會怕成這樣？」

「不知道，從小養成的習慣吧。」

「害怕也會成為習慣？」

黑燕阿姨大概知道我很難體會，所以又補充了一句：

「就像老鼠會怕貓一樣，這就是天性。」

快刀黑燕阿姨還說，小時候，老師總是警告他們：「再不聽話，就把你們送進校長室！」

「哎，看來你真是『一朝被蛇咬，十年怕草繩』。」

「不是只有我這個樣子，地圖奶奶一聽到『校長』兩個字，馬上就忘了東西南北。」

快刀黑燕阿姨一定被校長嚇糊塗了，地圖奶奶本來就分不清東西南北的啊！

校長真的這麼恐怖嗎？

「不會啊！」找不到山上的小朋友都這麼說。

「校長講話很溫和，不像導護老師那樣，兇巴巴的……」

「而且溫和到有催眠的作用……」

「聽久了就會睡著……」

「還有還有，」找不到山上的小朋友一再強調的是：「校長一點也不恐怖，如果你有一張和校長的合照，就代表你是很棒的孩子……」

當初，快刀黑燕姨如果也有一張合照，她心裡的校長，就不會這麼恐怖了。

閱讀123